LES ADIEUX

SUR LA FRONTIÈRE,

A-PROPOS-VAUDEVILLE,

A L'OCCASION DU RETOUR DE S. A. R. MONSEIGNEUR

LE DUC D'ANGOULÊME.

PAR MM. BRAZIER, CARMOUCHE, ET DE COURCY.

Représenté pour la première fois, à Paris, sur le Théâtre des Variétés, le   décembre 182⁴.

PRIX : 1 fr. 50 cent.

A PARIS,

AU GRAND MAGASIN DE PIÈCES DE THÉATRES,
ANCIENNES ET MODERNES,

Chez Mme. HUET, Libraire-Éditeur, rue de Rohan, n°. 21,
au coin de celle de Rivoli;

Et chez BARBA, Libraire, Palais-Royal.

1825.

PERSONNAGES.	ACTEURS.

DON ALVAR...................... M. Léonard.

DON PÈDRE, son cousin .... M. Bosquier.

DONA BARBINA, leur tante...... Mad. Picot.

DON GOBEZ-GIL-DE ZAPATA-
DE-MELENDEZ-DE-PACHE-
CO, voisin..................... M. Odry.

INÈS, fille de Barbina........... Mlle. Pauline.

SPINETTA, ... Mlle. Chalbos.

SÉRAPHINE,   Jeunes filles,
              amies d'Inès.. Mlle. Aldégonde.

FRANCISCA, ... Mlle. Jenny-Vertpré.

LE COLONEL St.-LÉON......... M. Cazot.

Mme. de St.-LÉON.............. Mlle. Félicie.

LATULIPE, grenadier français... M. Lepeintre.

JOLI-CŒUR, sapeur............ M. Fleury.

Soldats.

Paysans, Paysannes Espagnols.

La scène est en Espagne, dans un village voisin de la frontière.

Tous les débitans d'exemplaires non revêtus de la signature de l'éditeur, seront poursuivis comme contrefacteurs.

F.-P. HARDY, imprimeur, rue Neuve-S.-Médéric, N°. 44.

LES ADIEUX

SUR LA FRONTIÈRE,

A-PROPOS-VAUDEVILLE.

Le Théâtre représente l'intérieur d'une cour-jardin ; plusieurs aîles de bâtimens ; une grille dans le fond.

SCÈNE PREMIÈRE.

INÈS, SPINETTA, FRANCISCA, SÉRAPHINE, *occupées à regarder une carte de géographie étalée sur une table de jardin. Elles ont chacune une épingle à la main.*

CHŒUR.

Air : *Cueillons, cueillons la cerise nouvelle.*

Que du chemin personne ne s'écarte ;
    Suivons les pas
    De nos braves soldats ;
Car sans danger nous pouvons sur la carte
Etre témoins de leurs nobles combats.

SPINETTA.

Air : *des Petits Pâtés.*

Ce n'est pas là la route
Qui conduit à Cadix.

FRANCISCA.

Ils feraient mieux sans doute
De suivre ce pays.

INÈS.

Par là, la flotte cingle,
Tiens, d'ici je la vois,
Suis donc bien mon épingle.

SÉRAPHINE.

Tu me piques les doigts!

INÈS.

Ce que c'est que la guerre , la voilà blessée.

(*Reprise du chœur.*)

Que du chemin , etc.

SCÈNE II.

LES MÊMES , BARBINA.

BARBINA.

Eh bien! eh bien! Mesdémoiselles, quel bruit! quel vacarme! ah! je ne m'étonne plus... encore cette maudite carte!

INÈS.

Oui, maman, nous suivons la marche de l'armée... savez-vous des nouvelles ?

TOUTES.

Oui , donnez-nous des nouvelles.

BARBINA.

J'espère que vous n'avez pas à vous plaindre, jusqu'ici, je ne vous en ai pas laissé manquer : quand je n'en avais pas j'en faisais, mais aujourd'hui je n'ai pas le temps.

INÈS.

Par exemple, maman , vous devenez d'une indifférence en politique.

Air : *du Ménage de Garçon.*

Vous dormez comme à l'ordinaire ,

Lorsque le canon retentit,
Et le bulletin d'une affaire
Ne vous ôte pas l'appétit ;
Vous n'êtes jamais inquiète
Sur la marche d'un général ,
Et vous faites votre toilette
Avant d'avoir lu le journal.

BARBINA.

Et vous, ma fille , vous vous mêlez beaucoup trop de cela ! ainsi que ces demoiselles , qui viennent politiquer ici tous les matins... on se croirait au café du Prado.

SPINETTA.

Air : *On dit que je suis sans malice.*

Pour lire toutes les gazettes ,
J'ai laissé là mes castagnettes.

SÉRAPHINE.

Et moi, les romances du Cid
Pour les chants guerriers de Madrid.

FRANCISCA.

Si je n'étais pas si petite,
Pour moi, je quitterais bien vîte
Les aiguilles, les dés, le fil
Pour un sabre ou pour un fusil.

SPINETTA , *avec feu.*

Moi, ce serait dans la cavalerie !

SÉRAPHINE , *avec feu.*

Moi, j'aurais aimé à être capitaine de vaisseau.

BARBINA.

Est-ce que ces choses-là regardent des jeunes filles comme vous... je n'en excepte que celles qui ont des futurs à l'armée.

INÈS.

Justement, nous sommes toutes à marier.

FRANCISCA.

C'est d'un intérêt général.

BARBINA, *sévèrement.*

Mais vous devez savoir, mamzelle Inès, que votre futur n'est point à l'armée, et que ma volonté formelle est que vous épousiez à la conclusion de la paix; votre cousin Don-Pèdre, il est riche, aimable...

INÈS.

Oh! aimable... vous savez bien, ma mère, que nous n'avons pas la même opinion toutes les deux.

BARBINA.

Je sais bien que vous auriez préféré votre cousin Alvàr... Mais depuis qu'il est à l'armée, il y a un an que nous n'en avons eu aucune nouvelle... d'ailleurs, nous avons appris qu'il était mort; le seigneur Don Gobez nous en a donné sa parole d'honneur.

INÈS, *à part.*

Si j'osais dire qu'il m'a écrit en cachette il y a quelques jours.

BARBINA.

Je vous prie donc, à dater d'aujourd'hui, de ne jamais y penser... et de vouloir bien regarder votre cousin Don Pèdre comme un homme charmant, qui fera votre fortune et votre bonheur.

INÈS.

Oui, ça fera un joli mari : un homme fier, hautain, et qui ne cède jamais.

FRANCISCA.

Moi, je trouve qu'il a raison : il faut qu'un homme soit le maître.

BARBINA.

Mais voyez donc cette petite.

SÉRAPHINE.

Oh! cela ne m'étonne pas de sa part, on connaît ses principes.

FRANCISCA.

J'en ai autant que vous, Mademoiselle.

SÉRAPHINE.

C'est possible... mais, dieu merci, ils ne se ressemblent pas.

SPINETTA.

Vous oubliez, Mesdemoiselles, que nous avons établi entre nous la liberté des opinions.

FRANCISCA.

Et la liberté de la parole.

BARBINA.

Ce n'est pas là ce qui vous manque; mais c'en est assez, Mesdemoiselles ; Inès, voilà votre cousin, j'espère que vous n'aurez pas avec lui votre air triste maussade.

INÈS.

Ma mère, je tâcherai.

SCENE III.

LES MÊMES, DON PÈDRE.

(*Toutes les femmes saluent.*)

D. PÈDRE.

Mesdames, et vous, charmante Inès, recevez mes hommages. (*Il baise la main d'Inès.*)

INÈS.

Je vous salue, mon cousin.

D PÈDRE.

J'espère que vous me donnerez bientôt un titre plus doux, car je viens d'apprendre que la paix était conclue.

TOUS.

La paix !

INÈS, *à part.*

O ciel! quel malheur pour moi.

BARBINA.

Quel bonheur pour l'Espagne !

D. PÈDRE.

Si ce jour est heureux pour mon pays, il l'est bien

plus encore pour moi , puisque désormais notre union n'éprouvera plus de retard.

Air : *Vaudeville de Trilby.*

Enfans de l'antique Ibérie ,
Nous devons tout, en ce jour, aux Français;
Ils ont su , dans notre patrie,
Nous ramener le bonheur et la paix.
Entre nous deux s'il survient quelqu'orage ,
   Lorsque nous serons mariés ;
J'espère bien que dans notre ménage
Les amours seuls seront nos alliés.

BARBINA.

Dès aujourd'hui je vais faire les préparatifs...,

D. PÈDRE

Que tout se ressente ici, du plaisir que j'éprouve... je veux que tout le monde en ces lieux puisse le partager.

INÈS , *à part.*

Tout le monde, excepté moi.

D. PÈDRE.

Toutes vos jeunes amies seront admises à la fête que je vous prépare.

TOUTES.

Grand merci, seigneur Don Pèdre.

SÉRAPHINE et SPINETTA.

Comme nous chanterons.

FRANCISCA.

Comme nous danserons. (*A mi-voix à Inès.*) Tu es bien heureuse toi d'avoir un mari.

SPINETTA.

Ah! j'aperçois le seigneur Don Gobez, il va sans doute nous donner du nouveau.

BARBINA.

Et vous effrayer comme à l'ordinaire.

FRANCISCA.

Oh! mon Dieu oui, il est si poltron qu'il me fait toujours peur.

SCÈNE IV.

LES MÊMES, DON GOBEZ.

D. GOBEZ.

Qu'allons nous devenir, nous et les nôtres... ah! Mesdemoiselles, ah! madame Barbina! ah malheureux Don Gobez Gil-de-Zapata de Maiendès de Pacheco, c'est fait de toi.

BARBINA.

Eh! bien, voyons, qu'y a-t-il seigneur Don Gobez?.. à quoi bon nous effrayer d'avance?
(*Toutes les jeunes filles l'entourent.*)

D. GOBEZ.

C'est pour vous préparer... figurez-vous, Mesdames, que je tiens de bonne part que nous sommes tous morts, ou à-peu-près... ça vous étonne?..

BARBINA.

Vous voilà encore avec vos idées.

D. GOBEZ, *ricannant.*

Oui, je sais bien! vous croyez peut être que c'est une nouvelle comme celle de l'autre jour, quand je vous annonçais que nous étions sauvés... mais pas du tout, cette fois ci, nous sommes perdus, et c'est officiel!

BARBINA.

Voyons, contez-nous un peu ce qui arrive; car enfin, il ne suffit pas de savoir qu'on est perdu; encore faut-il avoir des détails...

TOUTES.

Eh! bien?

D. GOBEZ.

Les Français vont arriver.

TOUTES, *riant.*

Ah! ah! ah! les Français!..

D. PÈDRE.

Nous allons les recevoir, si vous le permettez, signora Barbina , nous leur ferons une réception brillante et qui leur laisse une haute idée de la noblesse et de la reconnaissance des espagnols.

Air : de sommeiller encor ma chère.

Chez nous ils sont venus en frères ,
Et partout ils ont respecté
Les palais comme les chaumières ,
On leur doit l'hospitalité.
Grâces à de sages consignes,
En Espagne, sur leur chemin ,
Puisqu'ils ont épargné nos vignes,
Ne leur épargnons pas le vin.

(Il sort.)

SCÈNE V.

Les Mêmes , excepté DON PÈDRE.

D. GOBEZ.

Vous ne les connaissez-pas les français , ni moi non plus, puisqu'en venant en Espagne, ils ne se sont pas arrêtés dans ce village , et que grâce au ciel, nous avons esquivé les calamités du billet de logement... mais soyez tranquilles, vous allez en avoir des français, c'est moi qui vous le dis , vous allez en avoir !...

BARBINA.

Eh ! bien, nous serons enchantées de faire leur connaissance.

D. GOBEZ.

D'abord , ils ne feront pas seulement attention à vous, votre âge est une sauve-garde...

BARBINA , se fâchant.

Comment ! comment !

D. GOBEZ.

Mais ces pauvres petites demoiselles ! pauvres petits agneaux, pauvres petits moutonneaux ! . . . .

INÈS.

J'ai toujours entendu dire qu'ils étaient aimables, galans.

D. GOBEZ.

Ce que c'est que d'avoir de fausses notions... mais vous n'avez donc pas lu l'histoire? vous ne connaissez donc rien de rien?.. les français ! mais c'est peut-être le peuple le moins civilisé... les cosaques sont des petits maîtres auprès d'eux... les français ! ils vous ont des barbes, des moustaches et des peaux d'ours noir sur la tête !..

Air : *Une fille est un oiseau.*

Imaginez-vous que c'est
Le peuple le plus bizarre,
Le peuple le plus barbare,
J'en vais faire le portrait :
Ils ont tous de hautes tailles,
Ils ne rêvent que batailles,
Ils renversent des murailles,
Et jamais ils n'ont tremblé;
Enfin, il faut qu'on le sache,
Rien qu'en voyant leur moustache
Bien des gens ont reculé.

TOUTES LES JEUNES FILLES.

Air : *C'est charmant.*

Quoi! c'est là (*bis.*)
Cette peinture effroyable;
Mais cela (*bis.*)
N'est pas trop épouvantable ;
Arrive ce qui pourra
Je ne bouge pas delà,
On verra ces Messieurs là.

D. GOBEZ, *parlant.*

Voilà pour le physique, nous allons passer au moral.

(*Même air.*)

Vous en parlez sans frayeur,
Eh! bien, sachez donc, Mesdames,
Qu'en France, des pauvres femmes,
Ils font toujours le malheur.
C'est souvent aux plus jolies
Qu'ils font mille perfidies;

Par eux, elles sont trahies ;
C'est bien comme je le dis :
Puisqu'on sait que chaque belle
A tout moment les appelle
Des monstres dans leur pays.

REPRISE DU CHŒUR.

Quoi ! c'est là (*bis.*)
Cette peinture effroyable ;
Mais cela (*bis.*)
N'est pas trop épouvantable ;
Arrive ce qui pourra
Je ne bouge pas delà,
Nous verrons ces monstres là.

D. GOBEZ.

Gardez-vous-en bien; si j'ai un conseil à vous donner, c'est d'aller toutes vous cacher.

TOUTES.

Au contraire ! au contraire !

FRANCISCA.

Moi, je veux les voir, et je veux qu'ils m'apprennent à danser la gavotte ; je meurs d'envie de savoir la gavotte.

D. GOBEZ.

Comme vous voudrez, mais quel dommage que ce pauvre Don Alvar ait été tué... lui, qui leur portait tant tant d'attachement ! comme il danserait aujourd'hui s'il n'était pas mort ?

INÈS.

Vous êtes donc bien sûr qu'il ne reviendra pas ?

D. GOBEZ.

Dam ! il me semble que ce serait assez difficile, je ne crois pas aux revenans.

(*On entend une ritournelle.*)

INÈS.

Qu'entends-je ?

SCENE VI.

Lᴇꜱ Mᴇᴍᴇꜱ , DON ALVAR , *ensuite* DON PÈDRE.

D. ALVAR.

Air : *de Ponce de Léon.*

Enfin me voilà de retour,
Ici, pour moi, quel beau jour,
Je revois tous ceux que j'aime.

D. GOBEZ.

C'est lui, je n'en peux revenir.

INÈS.

Pour mon cœur, ah! quel plaisir.

TOUS.

Notre surprise est extrême.

D. GOBEZ.

C'est bien lui-même.

D. ALVAR.

Oui, c'est moi-même.
Mes chers amis ,
Pourquoi donc paraitre surpris?

D. GOBEZ.

Sur un faux bruit de votre mort ,
J'avais annoncé la nouvelle ,
Je vois qu'elle n'est pas encor
Officielle.

TOUS.

Ah! pour nous quel beau jour,
Le voilà de retour.   *(bis.)*

D. ALVAR.

Bonjour, mon cher cousin.

D. PÈDRE , *froidement.*

Salut seigneur Alvar.

FRANCISCA, *à mi-voix*.

Il est encore mieux qu'avant son départ.

BARBINA.

Mais, mon cher neveu, comment se fait-il que vous ayez été si long-temps sans nous donner de vos nouvelles?

D. ALVAR, *regardant Inès*.

Je ne vous ai pas oubliées.

AIR : *vaudeville d'une Heure de Folie.*

Lorsque de gloire et de combats,
Notre ame est tou'ours occupée,
Ma chère tante, on ne peut pas
Tenir et la plume et l'épée.
Je me disais : mon nom leur parviendra,
Car la victoire sur ses ailes,
Chaque matin se chargera
De leur porter de nos nouvelles.

D. PÈDRE.

Je ne vous demande pas, seigneur Alvar, si vous avez été heureux?

D. ALVAR.

Oui, mon cousin, j'ai eu le bonheur de me faire remarquer du prince généralissime des Français, qui m'a donné le brevet de capitaine.

FRANCISCA, *à part*.

As-tu vu comme cet habit lui va bien?

INÈS.

Ah! mon cousin, parlez-nous de lui; on le dit aussi brave que généreux.

D. ALVAR.

Il faut l'avoir vu d'aussi près que moi, pour savoir combien on doit l'admirer; j'étais à ses côtés, quand un boulet vint tomber à ses pieds, et le couvrit de poussière... chacun s'écria au tour de lui :

AIR : *On culbute de compagnie.*

En ce moment si le trépas

Eût frappé celui qu'on admire,
Quelle perte pour vos soldats,
Il répond avec un sourire :
Près des braves que je guidais,
Si j'eusse, amis, perdu la vie,
« *Ah ! c'eût été pour un prince français*
» *Mourir en bonne compagnie.* »

D. GOBEZ.

J'avoue que je n'aurai pas dit ça.

FRANCISCA.

Vous n'avez pas besoin de nous le dire.

D. ALVAR, *près d'Inès.*

Chère Inès, j'espère qu'un an d'absence ne vous a
point fait oublier votre cousin?

BARBINA.

Mon cher neveu, vous arrivez bien à propos pour
assister au mariage du seigneur Don Pèdre et de sa cousine Inès.

D. ALVAR, *quittant la main d'Inès.*

(*A part.*) Qu'entends-je ! ô ciel! (*Haut avec émo-
tion.*) Ma cousine se marie avec Don Pèdre.

FRANCISCA, *à mi-voix.*

Ce n'est pas sa faute, allez.

D. PÈDRE.

Pourquoi vous en étonner ?

D. ALVAR.

J'ai tort, je le vois... et puisque dona Inès y consent,
il ne me reste qu'à vous féliciter de votre bonheur.

INÈS, *à part.*

Suis-je assez malheureuse !

D. GOBEZ.

Voilà une noce !... seigneur Alvar, nous comptons
sur vous pour un fandango... je ne dis pas que je ne
danserai pas le bolero... il serait très-possible que je le
dansâsse.

D. ALVAR.

De grâce, Inès, que dois-je penser ?

INÈS, *timidement.*

Mon cousin...

BARBINA.

Ma fille, suivez-moi... Mesdemoiselles, rentrez.

D. ALVAR.

Seigneur don Pèdre, ne pourrai-je avoir avec vous
un moment d'entretien ?

D. PÈDRE.

Excusez-moi, il faut que j'accompagne ces dames.

FRANCISCA, *à part.*

Ce pauvre jeune homme, comme il a l'air d'aimer
sa cousine... c'était bien la peine de revenir.

D. PÈDRE.

Air : *Je reconnais ce militaire.*

Pour cet hymen que l'on apprête
Les toilettes et les bouquets,
Et préparons tout pour la fête
Que nous donnerons aux Français.

D. ALVAR, *à mi-voix.*

Pour Inès, sachant ma tendresse,
Quoi ! vous devenez son mari ?

D. PÈDRE, *froidement.*

Pardon, il faut que je vous laisse.

D. ALVAR, *sévèrement.*

Ce soir je vous attends ici.

D. PÈDRE.

Je vous verrai ce soir ici.

D. ALVAR.

ENSEMB.

Ah ! pour moi, quelle triste fête,
Je vais donc perdre tant d'attraits ;
C'est mon malheur que l'on apprête ;
Pour moi, plus d'espoir désormais.

TOUS.

Pour cet hymen que l'on apprête,
Etc., etc.

(*Ils sortent tous, excepté Don Alvar.*)

SCÈNE VI.

D. ALVAR, *seul.*

Je ne puis revenir de ma surprise : Inès m'aurait-
elle trahie ? et mon cousin, mon ami, à qui j'avais confié
le secret de mon cœur !... ah ! je m'en vengerai.

    Air : *Tendres échos errans dans ces vallons.*

Il est donc vrai quand je reviens vainqueur,
Amis, parens, maîtresse tous m'oublie !
J'avais le droit d'espérer le bonheur,
Quand j'assurai celui de ma patrie...
Jour du retour que de loin j'implorais
Ne devais-tu m'offrir que des regrets !

L'espoir, l'honneur, dans les camps m'animaient
En combattant je pensais à ma belle.
L'amour hélas ! l'amitié me trompaient
Et la victoire était seule fidelle...
Jour du retour que de loin j'implorais
Ne devais-tu m'offrir que des regrets !

SCENE VII.

D. ALVAR, Mad. DE St.-LÉON, *suivie de deux domestiques. — Elle est vêtue en robe d'Amazone, et tient une cravache à la main.*

MAD. DE ST.-LEON.
Entrons ici ; peut-être l'on pourra nous dire...

D ALVAR.
Quelle est cette dame ? elle paraît étrangère.

MAD. DE ST.-LÉON.
Pardon, Monsieur ; êtes-vous le maître de cette
maison ?

D. ALVAR.
Non, Madame ; mais vous êtes ici chez une de mes
parentes.

MAD. DE ST.-LEON.
Souffrez que je vous demande l'hospitalité pour quelques instans.

D. ALVAR.

Trop heureux qui peut vous l'offrir ; mais oserais-je vous demander, Madame, comment il se fait que vous vous trouviez ainsi sans chevalier ?

MAD. DE ST.-LÉON.

Vous me voyez, Monsieur, dans la plus grande inquiétude... hier, au moment d'un combat, j'ai été forcée de quitter mon mari, le colonel St.-Léon... c'est la première fois depuis le commencement de cette campagne, que nous nous trouvons séparés.

D. ALVAR.

Eh ! quoi ; le spectacle de la guerre n'a pu vous arrêter ?

MAD. DE ST LÉON.

Que ne ferait-on pas pour un mari qu'on aime ?

Air : *Le soir après pénible ouvrage.*

Pouvais-je donc supporter son absence,
Quand il allait courir plus d'un danger ?
Je désirais, par ma présence,
L'adoucir ou le partager.
Oui, je voulais jusqu'aux champs de la gloire
En m'unissant à ses périls divers,
Ou l'embrasser après une victoire,
Ou le consoler d'un revers.

D. ALVAR.

Veuillez-vous reposer un instant... disposez même de ce pavillon ; je vais donner les ordres nécessaires pour que rien ne vous manque. (*On entend une ritournelle.*) Allons, et cherchons Don Pèdre .. rien ne peut arrêter mon ressentiment !.. (*D. Alvar fait signe aux domestiques, qui le suivent.*)

SCÈNE VIII.

MAD. ST.-LÉON, LATULIPE, QUELQUES GRENADIERS, UN SAPEUR, *à longue barbe noire, et la scie sur l'épaule.*

Air : *Présent, présent, jamais absent !*
Marche en avant, marche en avant,

En guerre
Jamais en arrière ;
Marche en avant, marche en avant,
C'est le refrain du régiment.

LATULIPE.

Chez l'bourgeois, mon cher Latulipe,
Le soldat doit s'montrer poli ;
Fais-moi l'plaisir d'éteindr' ta pipe ;
Nous ne fumerons pas ici.

CHŒUR.

Marche en avant, etc.

MAD. DE ST.-LÉON.

Ces grenadiers appartiennent au régiment de mon
époux... Vous voilà, mes amis?..

(*Tous portent la main au bonnet.*)

LATULIPE.

Madame de Saint-Léon !

MAD. DE ST.-LÉON, *inquiète.*

Dites-moi, mes amis, qu'avez-vous fait de votre cо-
lonel?

LATULIPE.

Le colonel! ah! ma foi, demandez-moi plutôt ce
qu'il a fait des ennemis! je ne l'ai pas vu depuis l'assaut
d'hier.

MAD. DE ST.-LÉON.

O ciel! se serait-il exposé !

LATULIPE.

Oui, oui, les balles tombaient au tour de lui comme
la grêle ; ce n'est rien , parce que c'est de ses anciennes
connaissances... mais il a manqué faire un faux pas au
moment où il a sauté sur le rempart.

MAD. DE ST.-LÉON.

Comment! est-il possible !

LATULIPE.

Vous ne savez pas ça... c'est notre conversation depuis hier soir... je vas vous le conter... faut que les
belles actions soient connues; ça donne envie d'en faire
d'autres.

Air : *Vive la Lithographie.* (ou Air *nouveau de Blanchard.*)

D'attaquer la citadelle
Nous devions avoir l'honneur;
Une faveur aussi belle
Fesait battre notre cœur.
D'un plaisir si grand pour nous
Tout le monde était jaloux ;
Chacun de nos grenadiers
Voulait être des premiers.
Bientôt tambours et trompette
Ont fait retentir les airs,
Le canon gronde et complète
Des braves les doux concerts ;
Mais le signal est donné,
Le régiment entraîné ,
Vole aussi prompt que le vent,
La bayonnette en avant.
Des murs de la citadelle
On fait feu de toutes parts,
Et notre étendart fidèle
Est déjà sous les remparts.
Les boulets qu'ils font pleuvoir
Ne peuvent nous émouvoir.
Dès qu'un brave est renversé,
Un autre l'a remplacé.
La plus vive cannonade
Ne saurait nous arrêter ,
Et soudain à l'escalade
Nous sommes prêts à monter.
Notre colonel paraît ,
Et s'élance comme un trait !
Nous lui crions . Halte-là !
Votre place n'est pas là.
« Amis , un jour de bataille,
» Point de distance entre nous ;
» Je ne suis sous la mitraille
» Qu'un grenadier comme vous! »
Il dit : puis il a sauté,
Et le fort est emporté.
Etonnés , tous nos soldats
Entre eux se disaient tout bas :
« Ici , grâce à son audace,
» L'usage vient de changer ;
» Peu de gens cherchent la place
» Où se trouve le danger. »
    Quel dommage
    Que son courage
Eût fait notre officier
Un brave comm' lui je gage
F'rait un fameux grenadier.

MAD. DE ST- LÉON.

(*Haut*) Je reconnais là son imprudence et son courage. (*A part.*) Il me semble que lorsque l'on aime sa femme, on devrait ne pas être aussi brave.

JOLI-COEUR.

Il nous a pris notre place, mais nous lui revaudrons ça.

MAD. DE ST. LÉON, *avec empressement.*

Et vous ne l'avez pas revu depuis ce moment?

LATULIPÉ.

Oh! soyez tranquille, nous le reverrons bientôt, nous avons ordre de faire halte dans le village et d'y faire préparer des logemens... Madame, vous paraissez fatiguée... entrez dans ce pavillon, vous vous reposerez, et Joli-Cœur fera sentinelle à votre porte. Reste-là, Joli-Cœur.

MAD. DE ST -LÉON.

Merci, mon brave... Suivez-moi, mes amis, j'ai quelques ordres à vous donner. (*A part.*) Il faut que je sorte de mon incertitude.

REPRISE DU CHŒUR.

Marche en avant, marche en avant,
En guerre
Jamais en arrière ;
Marche en avant, marche en avant,
C'est le refrain du régiment.

(*Elle passe dans le cabinet à gauche ; les soldats la suivent à l'exception du sapeur.*)

SCENE IX.

LE SAPEUR, *se promenant de long en large* ; DON GOBEZ , *il entre sans voir le sapeur.*

D. GOBEZ.

Voyons, il s'agit d'avoir du courage, argent comptant ; je vais parler à ces farouches guerriers, je veux faire une action d'éclat. (*Il aperçoit le sapeur ; tremblant.*) Ah! ah! mon dieu! mon dieu! quelle tête, quelle barbe ! et quelle scie ; mais ce sont donc des sauvages. (*Le sapeur passe tranquillement à côté de lui sans y faire attention ; Don Gobez recule à mesure.*) Seigneur... je suis... je suis bien votre serviteur.

(*Il va pour sortir , Latulipe et les autres rentrent en scène.*)

SCÈNE X.

LES MÊMES , LATULIPE , ET LES AUTRES.

LATULIPE , *apercevant Don Gobez.*

Ah ! voilà enfin une figure humaine. (*A deux grenadiers.*) Mes enfans, exécutez l'ordre de madame Saint-Léon, puisqu'elle veut savoir des nouvelles de notre colonel.

D. GOBEZ , *tremblant.*

Aye ! aye ! aye ! les jambes me manquent; il est pourtant bien dur de n'avoir ni courage ni jambes.

LATULIPE , *à Don Gobez , poliment.*

Seigneur castillan, pourriez-vous nous rendre le service de nous faire donner quelques rafraîchissemens ?

D. GOBEZ , *à part.*

Voilà le pillage qui va commencer. (*Il fait des signes de tête.*)

LE SAPEUR.

Seigneur... je ne sais pas votre nom...

D. GOBEZ , *tremblant.*

Je me nomme... Don Gobez, Gil-de-Zapata de Mélendez de Pacheco...

LE SAPEUR.

Eh bien, seigneur de Pacheco... Nous désirons nous reposer quelques instans.

D. GOBEZ , *à part.*

Allons, ils vont faire une caserne de la maison. (*Nouveaux signes.*)

LATULIPE.

Ayez donc la bonté de nous faire donner...

D. GOBEZ, *à part.*

Ils me donnent eux-mêmes les moyens de sortir.

(*Il multiplie les signes de tête pour dire oui et se sauve ensuite en courant.*)

SCENE XI.

LES MÊMES, *excepté* DON GOBEZ, *ensuite* LES JEUNES FILLES.

LATULIPE.

Ah! ça mais, Dieu me pardonne, je crois qu'il a eu peur... j'ai dans l'idée qu'il ne reviendra pas, voyons donc un peu, si nous ne pourrions pas nous adresser à quelqu'autre bourgeois de la maison.

(*Il ouvre la porte du pavillon et en sort en tenant la première des petites filles qui se tiennent toutes par la main et portent des guirlandes.*)

LATULIPE, *appelant ses camarades.*

Camarades! camarades!

Air : *Hermite! bon hermite!*

L'heureuse découverte,
Amis, dans c'te maison,
Vous ne comptiez pas, certe
Sur cette garnison.

SPINETTA.

Il faut être dociles.

SÉRAPHINE, *à Latulipe.*

Epargnez-nous, hélas!

FRANCISCA, *riant.*

Mais soyez donc tranquilles;
Ils ne nous tuerons pas.

ENSEMBLE.

LES JEUNES FILLES.

Voyez notre innocence,
Ah! nous vous implorons;
Nous sommes sans défense,
De la clémence,
Nous capitulerons.

LES SOLDATS.

Soyez sans défiance,
Nous sommes bons garçons ;
Nous avons tous en France
De la clémence
Pour les jolis tendrons.

SPINETTA.

Mesdemoiselles, n'ayez donc pas l'air d'avoir peur...

SÉRAPHINE.

Ils n'ont pas l'air méchant.

LE SAPEUR.

Morbleu ! elles sont charmantes.

LATULIPE , *relevant ses moustaches.*

Adorables !.. corbleu ! mille escadrons.

INÈS.

Ils sont fort honnêtes !..

FRANCISCA.

Ce n'est pas ce que Don Gobez nous avait dit.

(*Les quatre soldats se placent chacun auprès d'une jeune
fille.*)

LATULIPE.

Ah ! camarades que ne sommes-nous en pays ennemis.

Air *de Préville et Taconnet.*

Quand ils ont fait d'héroïques prouesses ,
Et qu'un vill' cède aux efforts de leurs bras ,
Si dans la place , ils trouvent des richesses ,
On en permet le partage aux soldats. (*bis.*)
Quand la beauté par la gloire est soumise ,
Soldats français, ah! qu'l heureux destin ,
Si nous pouvions, puisque la place est prise ;
Nous partag r aujourd'hui le butin.

SÉRAPHINE.

Ah ! Messieurs, songez que nous avons capitulé.

INÈS.

Et que nous voulons sortir avec les honneurs de la
guerre.

LATULIPE.

Il faut payer votre liberté, qu'un baiser soit votre rançon.

TOUS LES SOLDATS.

Oui, oui, oui.

LES JEUNES FILLES.

Non, non, non. (*Elles s'éloignent de l'autre côté.*)

FRANCISCA, *aux jeunes filles.*

Si vous voulez je vais arranger cela, voulez-vous que j'aille en parlementaire.

> Air : *A l'âge heureux de quatorze ans.*
>
> De ces Messieurs, je n'ai pas peur,
> Eh ! mon dieu ! laissez-moi donc faire,
> Je serai votre ambassadeur,
> Vous n'entendez rien à la guerre.

INÈS.

> Non, restez, je vous le défends,
> Vous avez par trop d'imprudence.

FRANCISCA.

> Comme je n'ai que quatorze ans,
> Cela sera sans conséquence.

(*Les soldats s'approchent de nouveau.*)

TOUTES.

Sauvons-nous ! sauvons-nous !

(*Elles sortent.*)

SCENE XII.

LATULIPE, GRENADIERS, Mad. DE St.-LÉON, *sortant de pavillon.*

MAD. DE ST.-LÉON.

Eh ! bien, Messieurs, qu'y a-t-il donc ? des jeunes filles qui se sauvent !.. n'est-ce pas assez d'avoir fait fuir l'ennemi ?..

LA SAPEUR.

Nous ne voulions qu'un baiser.

MAD. DE ST. LÉON.

Comptez-vous ça pour rien, avez-vous oubliez la discipline que vous devez observer ici ?

Air *de Julie*.

Un descendant de Henri vous commande,
    Sachant que l'on peut succomber,
Français galant, il permet qu'on demande,
    Mais il défend de dérober.
Sur son honneur il repond aux familles
    Du bien de tous les habitans,
De la moisson des pauvres paysans,
    De la vertu des jeunes filles.

SCENE XIII.

LES MÊMES, INÈS, *accourant très-inquiète.*

INÈS.

Ah ! mon dieu, Messieurs, les avez-vous vus ?

MAD. DE ST. LÉON.

Qui donc, ma belle enfant ?

INÈS.

Mes deux cousins.

MAD. DE ST -LÉON.

Je n'ai pas l'honneur de les connaître.

INÈS.

C'est que Don Alvar m'aimait avant de partir pour l'armée ; je l'aimais aussi... mais ma mère veut que j'épousé le seigneur Don Pèdre mon cousin... Don Alvar est revenu... il a appris cela, et comme ils sont très-braves tous les deux, j'ai bien peur qu'il n'arrive quelque malheur, car Torribio notre jardinier, vient de les rencontrer qui se dirigeaient de ce côté, ils étaient très en colère, et ils portaient leurs épées.

LATULIPE, *brusquement.*

Je serai le témoin de votre futur, si ça peut vous être agréable, et je vous réponds que l'autre ne le tuera pas.

INÈS.

Ah ! mon Dieu !.. vous me faites trembler.

MAD. DE ST.-LÉON.

Rassurez-vous, mon enfant.

INÈS.

Madame, je vous en prie, venez avec moi.

Air : *Si vous m'aimez.* (du Fabricant.)

Venez de suite,
Venez bien vite,
Pour les calmer,
Les désarmer
Vous êtes femme,
Et je réclame
Ici, de vous
Des soins si doux !

Ce n'est pas pour rien aujourd'hui,
Madame, que je vous supplie ;
Il s'agit pour eux de la vie,
Il s'agit pour moi d'un mari.

INÈS.

Venez, de suite, etc.

MAD. DE ST.-LÉON.

Mon cœur m'invite,
J'y vais bien vite,
Pour les calmer,
Les désarmer.
Oui, je suis femme,
Je sens dans l'ame,
Qu'un soin si doux
Est fait pour nous.

ENSEMB.

(*Elles sortent.*)

SCENE XIV.

LES MÊMES, *excepté* INÈS, ET MAD. DE ST.-LÉON.

LATULIPE.

Soyez donc tranquille... dites-lui qu'il l'attaque en quarte, qu'il prenne le croisé et le coup de seconde... ça ne manque jamais, ce coup là m'a réussi onze fois. (*On entend parler dans la coulisse.*) Mais ventrebleu, je les entends je crois, ils viennent de ce côté. (*Il montre la droite du spectateur.*) Nous allons voir ça.

(Ils s'éloignent.)

SCÈNE XV.

DON ALVAR, DON PÈRE, *l'épée à la main.*

D. ALVAR, *très animé.*

Oui, je vous le répète, c'est une perfidie vous saviez que j'aimais Inès.

D. PÈDRE.

Ne pouvait-on l'aimer comme vous?

D. ALVAR.

Vous avez profité de mon absence pour me ravir sa main.

D PÈDRE.

Que ne restiez vous auprès d'elle au lieu d'aller courir les hazards de la guerre?

D. ALVAR.

J'ai combattu pour mon pays, prétendriez-vous me faire un reproche de ma conduite, vous m'en rendrez raison.

D. PÈDRE.

Quand vous voudrez...

D. ALVAR.

Air : *Corneille nous fait ses adieux.*

Craignez d'exciter mon courroux,
Ce n'est pas en vain qu'on me brave;
J'aime autant mon pays que vous,
Et de l'honneur je suis esclave.

D. PÈDRE.

Nés tous deux sur le même sol,
Si de tous deux l'honneur est l'héritage,
Vous devriez savoir qu'un Espagnol
Ne supporta jamais l'outrage.

D. ALVAR.

Aussi n'en ai-je jamais supporté...

D. PÈDRE.

Eh ! bien, Monsieur, terminons cette querelle, en garde.

D. ALVAR.

Je suis prêt, Monsieur, je vous attends.

(Ils portent la main à leurs épées. Latulipe paraît et se jette entr'eux.)

SCENE XVI.

Les Précédens, LATULIPE.

LATULIPE.

Halte-là, Messieurs, nous sommes vos témoins et nous arrangeons l'affaire.

D. PÈDRE.

Laissez-nous.

D. ALVAR.

C'est impossible.

LATULIPE.

Par la corbleu, faut-il vous tuer pour vous empêcher de vous battre ?

D. ALVAR.

Vous voulez nous en empêcher !..

LATULIPE.

Nous ne sommes ici que pour ça.

D. PÈDRE.

Mais vous ignorez...

LATULIPE.

Nous avons tout entendu, au bout du compte de quoi s'agit-il entre vous ?

D. ALVAR.

Je suis offensé, je ne reculerai jamais.

D. PÈDRE.

Notre offense est égale.

LATULIPE.

Eh ! morbleu ! votre honneur est-il compromis ! non...
vous vous êtes disputés sur des mots... mais ce n'est
pas une raison pour vous traiter comme des ennemis,
quand l'un de vous aura fait couler le sang de l'autre,
en serez-vous plus avancés ? songez à votre pays, à
votre mère, il y a déjà eu bien assez de querelles dans
votre pays, allons, allons, oublions le passé, il est
temps que tout ça finisse.

Air : *Vaudeville de la Bouquetière.*

Il faut enfin qu'on se réconcilie,
  Oubliez un instant d'erreur,
  Tous les deux, de votre patrie,
  Vous voulez, je crois, le bonheur.
Qu'chacun de vous, pour l'autre soit un frère,
Et songez bien, dans de pareils momens,
  Que les haines de ses enfans,
  Déchirent le cœur d'une mère.

D. ALVAR.

Quel langage !

D. PÈDRE.

Malgré moi, je me sens ému !

Air

Je cède au besoin de mon ame,
Oublions tout ressentiment.
Je te rends l'objet de ta flamme.

D. ALVAR.

Pour mon cœur, ah ! quel doux moment !

D. PÈDRE.

Ce rapprochement est sincère,
Et puissions-nous un jour enfin,
Voir tous les peuples de la terre,
Comme nous se donner la main.

LATULIPE.

Allons, voilà ce que je voulais.

Air : *Mon Galoubet.*

Embrassez-vous (*bis.*)
Entre vous deux plus de colère,
Ayez des sentimens plus doux ;
Vous êtes bons amis, j'espère,
Vous n'avez plus qu'un pas à faire.
Embrassez-vous (*bis.*)

(Don Alvar et Don Pèdre, se jettent dans les bras l'un de l'autre, leurs épées tombent.)

SCENE XVII.

LES PRÉCÉDENS, MAD. DE ST.-LÉON, BARBINA, INÈS, LES JEUNES FILLES, DOMESTIQUES.

TOUS.

Que vois-je ?

CHŒUR.

Air : *Ah ! quel bonheur.*

Plus de chagrins,
Ah ! pour nous, quelle surprise.
Les deux cousins
Enfin
Se donnent la main.

D. ALVAR.

Nous sommes unis pour jamais ;
Plus de querelles désormais.

D. PÈDRE.

Et ce sont ces braves Français
Qui, chez nous, ramènent la paix.

TOUS.

Plus de chagrins, etc.

LATULIPE.

Mon Dieu oui, les deux cousins allaient s'aligner

comme une paire d'amis , mais nous y avons mis bon ordre.

MAD. DE ST.-LÉON , *à Inès.*

Eh! bien , mon enfant vous n'avez plus peur?

(*On entend un roulement de tambour.*)

BARBINA.

Qu'est-ce qui nous arrive.

SCÈNE XVIII.

LES MÊMES, DON GOBEZ.

LES JEUNES FILLES.

Eh ! bien , seigneur Don Gobez?

D. GOBEZ , *répétant.*

Seigneur Don Gobez, seigneur Don Gobez, une minute, que je respire , vous êtes là toutes bien tranquilles ! je vous demande un peu comment vous feriez si je ne courais pas après les nouvelles ; mais aussi à force de courir j'en attrappe.

BARBINA.

Enfin ce bruit de tambour ?..

D. GOBEZ.

Ce tambour vous annonce des militaires, vous sentez bien que ce n'est pas en restant dans votre chambre, que vous saurez ce qui se passe.

MAD. DE ST.-LÉON.

Expliquez-vous , Monsieur, je vous en supplie , si vous saviez quel intérêt.

D. GOBEZ.

Eh ! bien , figurez-vous que je venais pour vous annoncer un grand événement.

TOUTES.

Un grand événement.

D. GOBEZ.

Oui, je venais vous dire que le colonel français St.-Léon , avait été tué.

MAD. DE ST.-LÉON.

Tué !

LATULIPE ET LES GRENADIERS.

Notre colonel !

D. GOBEZ.

Mais ça ne s'est pas confirmé... attendu que je viens
de le voir et qu'il va venir ici !..

MAD. DE ST.-LÉON, *avec élan.*

Il va venir, mon mari ! quel bonheur !

TOUS.

Son mari !

(*Mad. de St.-Léon va au-devant du Colonel.*)

SCENE XIX.

LES PRÉCÉDENS, LE COLONEL, *donnant la main à
Mad. de St.-Léon.* SOLDATS FRANÇAIS, LES TAMBOURS
ET LES SAPEURS A LA TÊTE. — *Marche.*

(*Les soldats présentent les armes et les villageois des
bouquets.*)

LES SOLDATS

Air : *vaudeville de Stanislas.*

Marche en avant (*bis.*)
En guerre
Jamais en arrière ;
Marche en avant (*bis.*)
C'est le refrain du régiment.

(*Les soldats présentent les armes, et les villageois des
bouquets.*)

LE COLONEL.

Mes amis, grand merci de vos hommages.

3

LATULIPE, *s'avançant.*

Mon Colonel, nous avons à compter ensemble...
hier à l'assaut, vous nous avez pris notre place, en
disant que vous n'étiez qu'un grenadier comme nous,
et aujourd'hui, au nom de tout le régiment, je viens
vous offrir les épaulettes d'uniforme.

Air : *Ah! conservez avec un saint respect.*

Hier, à la fin du combat,
On les trouva sous la mitraille,
Ell's n'sont pas neuv's, ell's vienn'nt d'un vieux soldat,
Qui les laissa sur le champ de bataille.
Témoin des plus brillans exploits,
Elles ont vu plus d'un' victoire ;
Au cœur d'un brav' ell's ont des droits,
Mon colonel portez les quelquefois,
Pour qui n'manque rien à leur gloire.

LE COLONEL, *serrant la main du grenadier.*

Je les porterai.

LES SOLDATS.

Vive notre Colonel !

TOUS LES AUTRES.

Vivent les Français !

LE COLONEL.

Amis, rendons plutôt hommage au noble Prince qui
nous commande, grâce à son auguste médiation la
paix vient d'être conclue.

TOUS.

La paix !

LE COLONEL.

Oui, mes amis et c'est à lui que nous la devons.

Air : *Il me faudra quitter l'empire.*

Chantons le prince magnanime
Dont la France fête le retour,
Et dont le courage sublime

Sait commander le respect et l'amour.
La renommée instruit la terre
De ses exploits, de ses bienfaits ;
Honneur, honneur à ceux qui font la guerre,
Pour aller conquérir la paix.

D. PÈDRE.

Aux Espagnols il montra la victoire,
En guerrier pacificateur,
Et combattit moins pour sa gloire,
Que pour assurer leur bonheur.
En bénissant ce héros tutélaire,
Les Espagnols rediront à jamais :
Honneur, honneur à ceux qui font la guerre,
Pour aller conquérir la paix !

Pour completter le bonheur de cette journée, je cède la main de ma jolie cousine à Don Alvar...

FRANCISCA, *à part.*

Il fait peut-être bien.

LE COLONEL.

Mes amis, nous allons retourner en France.

LATULIPE.

Ma foi, mon colonel, en regardant tous ces jolis minois, on serait tenté d'établir ici ses quartiers d'hiver.

FRANCISCA.

Eh ! bien, seigneur Don Gobez, qu'est-ce que vous nous disiez donc des français.

D. GOBEZ.

Eh ! bien, je disais que les français sont aimables, spirituels, galans.

SÉRAPHINE.

Non, non, non, vous nous disiez qu'ils avaient des manières... des figures...

D. GOBEZ.

Des manières charmantes. (*Il retourne à sa place et se trouve face à face avec le sapeur.*) charmantes ! charmantes, des figures fort agréables.

SCÈNE XX ET DERNIÈRE.

Les Mêmes, Villageois, Villageoises, Espagnols, *apportant des bouquets et des branches d'olivier et de laurier, les soldats français se rangent d'un côté les paysans de l'autre.)*

CHŒUR.

Air

Nous venons faire nos adieux
Aux enfans de la France,
Qu'ils emportent avec nos vœux
Notre reconnaissance.
Chantons, fêtons, amis, célé rons les enfans de la France,
Nous leur devons ici not' délivrance.
Chantons la paix
Et les Français;
Vive la paix !

LA TULIPE.

Allons mes amis, vive la joie ! chantons la paix; notre Colonel, notre Prince général, et en avant marche pour la France, au pas accéléré !..

VAUDEVILLE.

Air : *As-tu vu la lune, Jean ?*

Amis, au son du tambour,
De la castagnette,
Cé ébrons un si beau jour;
Voilà la paix faite.

JOLI-CŒUR.

Quand chez nous je fais du train,
Ma femme Pierrette
Me verse un p'tit coup de vin,
Voilà la paix faite.

D. PÈDRE.

Je serai bien surpris quand
    Par faveur secrète,
Entre l'honneur et l'argent
    La paix sera faite.

BARBINA.

Les amours, dans mon printemps,
    Cherchaient ma conquête ;
Mais voilà plus de vingt ans
    Que la paix est faite.

LE COLONEL.

Montrons chez nous désormais
    Union complète ;
Il est temps, entre Français,
    Que la paix soit faite.

FRANCISCA.

Les Français, galans et doux,
    Nous contaient fleurette ;
C'est un grand malheur pour nous
    Que la paix soit faite.

D. ALVAR.

La discorde tourmentait
    L'Espagne inquiète ,
Un fils de Henri paraît ,
    Voilà la paix faite.

D. GOBEZ.

J'ai mis ma femme en tremblant,
    Dans une cachette ,
Je cours lui dire à l'instant
    Que la paix est faite.

(Le sapeur le regarde ; il se sauve.)

INÈS , *au public.*

D'effroi , notre auteur saisi ,
Craint pour sa bluette ;
Mais comme en Espagne , ici ,
Que la paix soit faite.

(On reprend le chœur qui précède le vaudeville ; les sol-
dats se mettent en marche , le Colonel à leur tête ; les
paysans les suivent en agitant des branches de laurier
et d'olivier ; les soldats sautent en l'air, on crie Vive les
Français; *le détachement gagne le petit côteau du*
fond , le tambour bat, tous les personnages se group-
pent , et le rideau tombe.)

FIN.